W0335707

edition exil

mircea lacatus

die geheime geometrie der seele

gedichte

geometria secretă a sufletului

poezii

edition exil

mircea lacatus: die geheime geometrie der seele
lyrik zweisprachig: deutsch/rumänisch
aus dem rumänischen übersetzt von ioana und irina spataru

edition exil, wien 2020
isbn: 978-3-901899-82-9

herausgeberin und lektorat: christa stippinger
layout und grafische gestaltung: sebastian menschhorn
korrektorat: eva auterieth

ein projekt des vereins exil im amerlinghaus
in kooperation mit dem verein kulturzentrum spittelberg

Kultur Zentrum Spittelberg Amerlinghaus

Bundesministerium Kunst, Kultur, öffentlicher Dienst und Sport

Stadt Wien Kultur

Bundesministerium Bildung, Wissenschaft und Forschung

ZukunftsFonds der Republik Österreich

für meine kinder – copiilor mei
irina
ioana
alexandru
und – şi
stefan

inhalt — cuprins

ballade

mein volk
ein verfallenes schloss
die wurzeln der bäume
sprengten die mauern
die gewässer die es umgaben
sind längst verschwunden
wer soll es stärken und wieder zum strahlen bringen
wer soll seine quellen entfesseln
wer soll sein gefallenes wappen entziffern
wer soll am eingang stehen
und mit dem silbernen stock dreimal
auf den marmorboden schlagen
um in sieben sprachen
den traurigen geistern zu verkünden
dass der herr zurückkehrte
von der großen einhornjagd

mein volk
ein verfallenes schloss
immer noch suche ich
die meister der alten zeiten
die wissen
wie sie den stein schneiden müssen
um ihn in die wölbung zu legen
für weitere tausend jahre

baladă

neamul meu e un castel în ruină
în jurul lui apele au secat
arborii au prins rădăcini în ziduri
cine să-i redea strălucirea
cine să-i dezlege izvoarele
cine să-i descifreze blazonul căzut
cine să stea la intrare
şi bătând de trei ori în marmură
cu bastonul de argint
în şapte graiuri curate
să anunţe fantomele triste
că s-a întors stăpânul
de la marea vânătoare de inorogi

neamul meu e un castel în ruină
tot mai caut meşterii de altădată
cei ce ştiu cum să taie piatra
şi cum s-o aşeze în boltă
pentru încă o mie de ani

bekenntnis

mutter war analphabetin
aber alle ihre kinder haben aus büchern gelernt
manche sogar die universität geschafft
sie hat es abgelehnt
schreiben und lesen zu lernen
die geheimnisse dieser welt las sie anders
sie sprach nicht viele worte
um mit gott zu sprechen
brauchst du nur eine handvoll worte
und wenn ein paar tränen dabei sind
sind sie sehr willkommen

mutter hatte in ihrem vokabular
nur so viele wörter
wie sie für ein bekenntnis brauchte
und in ihren augen hatte sie tränen
für zehn weitere erlösungen
genau so viele waren wir zu hause
vater
vier mädchen
und wir
fünf jungen

mărturisire

mama a fost analfabetă
dar toți copiii ei au învățat carte
unii au trecut şi prin universități
ea a refuzat să învețe să scrie şi să citească
tainele lumii le descifra altfel
cuvintele ei erau puține
să vorbești cu Dumnezeu
îți trebuiesc doar o samă de cuvinte
şi dacă sunt şi câteva lacrimi
sunt bine primite

mama avea în vocabularul ei
doar atâtea cuvinte
câte să-i ajungă de o mântuire
şi mai avea în ochii ei lacrimi
pentru încă zece izbăviri
exact atâția eram noi restul ai casei
tata
patru fete
şi noi
cinci băieți

brief über die zeit

damals als du dich im wald verliefst
und in unser zigeunerlager kamst
warst du verwundert
über den warmen klang der violine
vater spielte ein paar traurige lieder
und mutter nahm dich zu ihr
und gab dir trockene kleider
mein bruder entzündete das feuer
und machte dir einen tee aus versteckten kräutern
meine schwester näherte sich dir schüchtern
trocknete dein haar mit einem weichen tuch
und machte dir zöpfe
wie auch sie hatte mit bunten bändern
ich machte gar nichts außer dich anzuschauen

dann gingen wir schlafen
und du schliefst
neben meiner schwester im mittleren wagen
wir standen wache
wir hatten ein weißes menschenkind
und mussten es
vor den raubtieren des waldes beschützen
am morgen brachten vater und ich dich ins dorf...
es war ein großes fest

nach ein paar tagen kamst du
um mutter die kleider zurückzubringen
und hast uns nicht mehr gefunden
sie hatten uns weit weggebracht

scrisoare peste timp

atunci când te-ai rătăcit în pădure
și-ai nimerit în șatra noastră
te-ai mirat să auzi sunet cald și curat de vioară
tata cânta ca de obicei niște cântece triste
și mama te-a luat la ea ți-a dat niște haine uscate
fratele meu a aprins iar focul
și ți-a făcut un ceai din ierburi ascunse
sora mea s-a apropiat de tine sfioasă
și ți-a șters părul cu o cârpă moale
și ți-a făcut codițe cum avea și ea cu panglici colorate
eu nu am făcut nimic doar te-am privit

apoi ne-am dus la culcare tu ai dormit lângă sora mea
în căruța din mijloc
noi am stat de veghe aveam un pui de om alb
și trebuia să-l păzim de fiarele pădurii
dimineața eu și cu tata te-am dus în sat...
a fost mare sărbătoare

peste câteva zile ai venit să-i aduci mamei hainele
și nu ne-ai mai găsit
ne-au dus departe în polonia cu trenul de vite
n-am mai văzut căruțele zdrobite
și caii i-au luat soldații
frumoși cai avea tata rotați

apoi le cânta ofițerilor uneori
până cădeau sub masă

nach polen in viehwaggons
du sahst die zerschmetterten wagen
die pferde hatten die soldaten mitgenommen
vater hatte schöne pferde

dort spielte er manchmal für die offiziere
bis sie unter den tisch fielen
der polnische wodka war sauber und stark
mutter ist zuerst gestorben
sie ist in die dusche gegangen
und kam nie wieder
mein bruder und meine schwester waren zwillinge
eines tages holte sie doktor mengele
und nähte sie lebend aneinander
er wollte sie siamesisch machen
er hatte eigene gedanken
vater hat sie eines tages mit dem polster erstickt
damit sie sich nicht mehr quälen mussten
dann erschoss der doktor vater
weil er sein experiment durchkreuzt hatte
ich entkam eines nachts durch ein brett in der baracke
ich kam an den soldaten vorbei
an den hunden und durch den stacheldraht
und ging richtung dorf
jemand sammelte mich vom weg auf
und dann erwachte ich in einem großen
sauberen haus dort ruhte ich mich aus
sie schickten mich zur schule
und ich wurde erwachsen
wenn du diesen brief liest
schreib mir bitte an folgende adresse...
(adresse nicht lesbar)

vodca polonezilor era curată și tare
mama a murit prima s-a dus la duș și n-a mai venit
fratele și sora mea erau gemeni
i-a luat doctorul menghele într-o zi
și i-a cusut unul de altul pe viu
a vrut să-i facă siamezi
avea gândurile lui
tata i-a sufocat într-o noapte cu perina să nu se mai
chinuie
apoi doctorul l-a împușcat pe tata
pentru că-i zădărnicise experimentul
eu am scăpat într-o noapte
am trecut prin scândura barăcii
am trecut printre soldați
printre câini
prin sârma ghimpată
și m-am îndreptat spre sat
cineva m-a cules de pe drum
și m-am trezit într-o casă mare curată
am stat acolo m-am întremat
m-au dat la școală și m-am făcut mare

dacă vei citi această scrisoare
te rog să-mi scrii la următoarea adresă...
(adresa indescifrabilă)

frauen

so sind diese frauen
aus der rippe des mannes geboren
sie kommen
verlieben sich
und sofort machen sie ein kind
und werfen noch einen dichter in die welt
und gehen
die dichtergebärerinnen
sind schuld
an der trauer der welt

ich hätte öfter einen hügel bestiegen
wäre er vor meinem haus gelegen
ich wäre in einen fluss gesprungen
hätte er den grund des hauses untergraben
keinen hügel und keinen fluss trage ich in mir
ich bin nur ein eitler toter
der zwischen den lebenden wandert

kein blick lässt mich erstarren
keine sonne erwärmt mich

bei der geburt
legte mir die mutter liebevoll
zwischen die kupferne haut
und die weiße windel
all ihre trauer

femei

aşa sunt femeile astea
născute din coastă de om
vin se îndrăgostesc
şi îndată fac un copil
trântesc aşa pe lume câte un poet
şi pleacă
ele născătoarele de poeţi
sunt răspunzătoare
pentru toate tristeţile lumii

aş urca adesea un deal
de-ar fi în faţa casei mele
m-aş arunca într-un râu
de mi-ar săpa la temelia casei
nici deal nu am nici râu în mine
sunt doar aşa un mort trufaş
plimbându-mă printre cei vii

nicio privire nu mă îngheaţă
niciun soare nu mă încălzeşte

mama la naştere
mi-a aşezat cu drag
între pielea arămie
şi scutecele albe
toate tristeţile ei

nimm sohn
sie soll dir wärme geben
soll dir die einsamkeit nehmen
soll dir das vergessen nehmen
soll dir die sehnsucht nehmen
soll dir beistehen
im tod

ia fiule să-ţi ţină de cald
să-ţi ţină de singurătate
să-ţi ţină de părăsire
să-ţi ţină de dor
să-ţi ţină de moarte

erinnerung

es war frühlingsbeginn
das leben erwachte in den knospen
an einem geheimen ort
nahmen wir das abendmahl
wir aßen brot und fisch
wir tranken rotwein
vom vergangenen jahr

einer meiner freunde
hatte mich schon verkauft
für ein paar silberstücke
und einen kuss

als sie mich festnagelten
war mein blick zum himmel gerichtet
und als sie mich hoben
war ich euch zugewandt
ich wünschte
ich könnte euch umarmen

dann durchbohrte ein soldat meine rippe
mit seinem rostigen speer
und andere in einem graben
spielten um mein hemd

nach drei tagen
ging ich heim

amintire

era un început de primăvară
viaţa se trezea în muguri
luaserăm cina într-un loc de taină
am mâncat pâine şi peşte atunci
am băut vin roşu din anul trecut

unul dintre prietenii mei
mă vânduse deja pe câţiva arginţi
şi-o sărutare

când mă băteau în cuie
eram cu faţa spre cer
şi când m-au ridicat
eram cu faţa spre voi
tare aş fi vrut să vă îmbrățișez

apoi un soldat mi-a străpuns coasta
cu lancea lui ruginită
şi alţii într-un şanţ
îmi jucau cămaşa la sorţi

peste trei zile am plecat acasă

geschichte im antiken maß

ich habe gott getroffen
er saß im schatten eines zaunes
wohin gehst du emir
so nennt mich gott
emir
mama schickt mich kartoffeln kaufen
wie viel kilo
zehn
aber sind sie nicht zu schwer für dich
nein ich habe schon geschleppt
ich bin daran gewöhnt
und ältere brüder hast du keine
doch habe ich
aber jetzt bin ich an der reihe
sie sind beschäftigt
dein vater
wo ist der
er schläft
weil er müde ist
der arme
was arbeitet er
er arbeitet im lagerhaus
er zerschlägt kalk mit dem hammer
und steckt ihn in säcke
woher weißt du das
nun ich weiß es
manchmal besuche ich ihn
das lagerhaus ist nicht weit
und ich bringe ihm etwas mit

poveste în metru antic

m-am întâlnit cu Dumnezeu
stătea la umbră sub gard
unde te duci emire
că așa-mi zice Dumnezeu emir
m-a trimis mama să cumpăr cartofi
câte kilograme
zece
dar nu-s prea grele pentru tine
nu că am mai cărat sunt obișnuit
și frați mai mari nu ai
ba am dar acum e rândul meu ei sunt ocupați
și tata unde e
doarme că e obosit săracu
da' cu ce se ocupă
lucrează la depozit
sparge varul cu barosul și-l bagă-n saci
de unde știi tu
păi știu câteodată îl vizitez că nu-i departe depozitul
și-i mai duc câte un măr câte o pară
da' de unde iei tu fructele astea nu cumva le furi
nu le fur că uite crengile sunt peste gard în drum
și drumul e al nostru al meu și al tău și tu poți să iei
acuma mă duc că nu mai găsesc cartofi
și mă omoară mama
cum să te omoare
ei nu mă omoară am zis și eu așa să te sperii

einen apfel oder eine birne
und woher nimmst du sie
sind sie etwa gestohlen
ich stehle sie nicht
sieh doch
die äste wachsen über den zaun
am weg
und der weg gehört uns
mir und dir
auch du kannst sie nehmen
jetzt muss ich gehen
sonst finde ich keine kartoffeln mehr
und meine mutter bringt mich um
wie könnte sie dich umbringen
nein sie wird mich nicht umbringen
ich habe das nur gesagt
um dich zu erschrecken

der weg war heiß und meine sohlen brannten
und ich machte vor ihm
einen merkwürdigen tanz
gut geh aber versuche nur auf die weißen steine zu
treten
und ich trat auf die weißen steine
ich sah dass sie kalt waren
und sie kühlten meine sohlen
aber auch mein herz
auf dem rückweg
schlief gott im schatten des zaunes
ich hinterließ ihm drei kartoffeln
weil er so alt
und so einsam war

drumul era fierbinte îmi ardea tălpile
și eu făceam de nevoie un fel de dans în faţa lui
bine du-te da' vezi de calcă numai pe pietrele albe
și călcând pe pietrele albe am văzut că ele erau reci
și-mi răcoreau și tălpile și inima
la întoarcere Dumnezeu dormea la umbră sub gard
i-am lăsat și lui trei cartofi
că era atât de bătrân și atât de singur

meine züge

heute verweilte ich am bahnhof
eine vergessene freude

wenn ich stundenlang von zu hause verschwand
fanden sie mich wartend am ende des feldes
dort fuhren die züge vorbei
sie kamen aus einer welt
fuhren bei uns über das feld
und gingen in eine andere welt
ich winkte ihnen

alle züge kannten mich
ich hatte ein langes weißes hemd
es reichte bis zum boden
meine kleinen hände
strahlten in der sonne
wie zwei goldene löffel

heute habe ich am bahnhof
eine blume bekommen
wahrscheinlich sah ich sehr traurig aus
kein zug war mehr wie jene
die mich in die weite welt bringen sollten

ich kehrte heim
mit dem gedanken
ein gedicht zu schreiben

trenurile mele

astăzi am zăbovit în gară
o bucurie mai veche

când dispăream de acasă ore întregi
mă găseau la capătul câmpului așteptând
pe acolo treceau trenurile
veneau dintr-o lume
treceau pe la noi pe câmp
şi se duceau în altă lume
eu le făceam cu mâna

toate trenurile mă cunoşteau
aveam o cămaşă albă şi lungă până la pământ
palmele mele mărunte
străluceau în soare ca două linguri de aur

astăzi în gară am primit o floare
pesemne că arătam foarte trist
niciun tren nu mai era ca acela
cu care am vrut să plec odată în lume

m-am întors acasă cu gândul să scriu un poem
despre trenuri
despre singurătate
despre uitare
despre iubire
în care să mă laud că am primit o floare

über züge
über einsamkeit
über vergessen
über liebe
ein gedicht in dem ich prahlen konnte
dass ich eine blume bekommen hätte

meine eisenbahnen
verschlungen vom nebel
meine dampflokomotive
verschwunden in den wolken
mit frisch bemalten rädern
in rot und weiß
irgendwo
weit weg in meiner kindheit
am rande des feldes
zwischen den hohen gleisen
und meinem elternhaus
in der ferne
klein und
immer kleiner
bewacht von großen akazien
groß und
immer größer

locomotivele mele învăluite în aburi
cu roţile proaspăt vopsite în roșu și alb
au rămas undeva departe în copilărie
la marginea câmpului
între drumul înalt de cale ferată
şi casa părintească
departe mică
și parcă tot mai mică
străjuită de nişte salcâmi mari
şi parcă tot mai mari

am ende des herbstes

unser zigeunerlager
machte sich langsam bereit zum aufbruch
die pferde hatten schon rote schleifen in den mähnen
und schlugen ihre hufe ungeduldig
die wagen waren fertig für den weg
in ihrem inneren
trugen sie
frauen die heimlich wussten
dass sie schwanger waren
schöne kinder
in den haaren frühlingsluft
männer mit kriegerischen gesichtern
und engelsherzen

ich blieb im letzten wagen
und betrachtete das verlassene paradies
außer den hufen der pferde
und den langen linien der räder
in der feuchten erde
kein zeichen unserer durchfahrt
ein zwei
feuerstellen

nach dem ersten regen des herbstes
war alles wie zu beginn der welt
die runden flusssteine
lagen im kreis
und träumten nachts
von den feuern des sommers

la sfârşitul toamnei

şatra noastră
se pregătea încet de plecare
caii aveau deja panglici roşii în păr
şi dădeau din copite a nerăbdare
căruţele erau şi ele gata de drum
în pântecele lor largi aveau să ducă departe
femei ce în taină ştiau că sunt borţoase
copii frumoşi cu parfumul verii în păr
bărbaţi cu chipuri de războinici
şi cu inimi de înger

eu rămâneam în ultima căruţă
şi priveam raiul părăsit
în afară de copitele cailor
şi liniile lungi ale roţilor în pământul reavăn
niciun semn al trecerii noastre
o vatră două în care se făcuse focul

după prima ploaie de toamnă
totul era ca la început de lume
pietrele rotunde de râu
aşezate în cerc visau noaptea
la focurile de peste vară

când plecam noi indiferenţi
rămânea raiul singur şi trist

als wir gleichgültig gingen
ließen wir das paradies zurück
traurig und allein

wir kamen
und wussten nicht woher
wir gingen
und wussten nicht wohin
im himmel
all unsere seelen
auf der erde
keine spur

veneam
și nu ştiam de unde
plecam
şi nu ştiam unde
în cer
toate sufletele noastre
pe pământ
nicio urmă

akazien

in diesen ferien ging ich nach hause
meine eltern arbeiteten schweigend im hof
ich wollte sie umarmen und sie küssen
zuerst die mutter
alt und demütig
dann den vater
dünn und zerbrechlich wie ein kind
aber ich konnte nicht

sie waren nicht mehr aus fleisch und knochen
sie waren nur noch zwei gute geister des hauses
erst dann sah ich
dass die akazien gefällt waren
ich betrat das haus
auf vaters stuhl am fenster
saß schlafend die einsamkeit
um sie nicht zu wecken
blieb ich stehen
und blickte zu boden
dort habe ich meine ersten schritte gemacht
gestützt auf die einfachen dinge
und auf ihre jungen hände
so jung
so jung

salcâmii

m-am dus acasă într-o vacanţă
părinţii mei tăcuţi lucrau în curte
am dat să-i iau în braţe să-i sărut
mai întâi pe mama bătrână şi sfioasă
apoi pe tata slab şi mărunt ca un copil
dar n-am putut

nu mai erau din carne şi din oase
erau doar două duhuri bune ale casei
abia apoi am văzut că erau tăiaţi salcâmii
am intrat în casă
pe scaunul tatei la fereastră
stătea dormind singurătatea
să n-o trezesc
am rămas aşa privind podeaua
acolo am făcut primii paşi
sprijinit de lucrurile simple
şi de mâinile lor tinere
atât de tinere
atât de tinere

hinter dem wald

irgendwo ein zigeunerlager
auf einer landzunge
auf einer seite der fluss
hinter dem fluss der weg
hinter dem weg ein wald
hinter dem wald
meine seele

ich raufe mich mit einem wolfswelpen
die sonne ist weiß
mama taucht auf
mit einem lederbeutel auf der schulter
ich laufe zu ihr
sie ist so jung
dass ich sie kaum wiedererkenne
ihr lächeln beruhigt mich
sie öffnet den beutel
und ein kalter wasserfall
trifft mein gesicht
ich trinke und springe vor freude
während sie mich tränkt wie ein fohlen
wäscht sie mein gesicht mit einer hand
ich schlecke ihre hand wie ein dankbares tier
das erfrischende wasser
wie kristall strömt es über mich
wie ein regen aus diamanten
mutter entfernt sich
ich bleibe

dincolo de pădure

undeva o şatră pe o limbă de pământ
într-o parte râul
dincolo de râu drumul
dincolo de drum pădurea
dincolo de pădure
sufletul meu

mă hârjonesc cu un pui de lup
soarele alb
apare mama cu un burduf pe umăr
alerg la ea
e atât de tânără încât nu o recunosctăor
zâmbetul ei mă linişteşte
deschide burduful
năvăleşte pe chipul meu
o cascadă de apă rece
beau şi sar în sus de bucurie
în timp ce mă adapă ca pe un mânz
cu o mână îmi spală faţa
îi ling mâna ca un animal recunoscător
apa vine răcoroasă cristalină
se revarsă peste mine
ca o ploaie de diamante
mama se depărtează
eu rămân pe loc privind-o
aştept
se întoarce şi râde
în părul ei bănuţii ard ca nişte sori

schaue ihr nach
warte
sie dreht sich um und lacht
in ihrem haar brennen die münzen wie sonnen
der welpe zieht an meinem hemd

aus einem baum
betrachtet uns gott
durch das auge einer weißen eule

puiul de lup mă trage de cămaşă

dintr-un copac Dumnezeu ne priveşte
prin ochiul unei bufniţe albe

mythos

aus unserem wagen
sprangen die kinder
für hundert lei verkaufte vater das dach
durch die steppe
laufen die pferde
wieder frei
niemand holt wasser für sie
aus dem brunnen
die schleifen im schweif
sind längst verloren
mutter hofft immer noch
dass sie wiederkehren
sie näht die geschirre
mit silbernen nieten
und legt in den wagen
zarte margariten

mit

din căruța noastră
au zburat copiii
coviltirul tata
l-a vândut pe-o sută
caii sunt iar liberi
aleargă prin stepe
nimeni nu le scoate
apă din fântâne
și în coamă panglici
nu mai au demult
mama tot mai speră
că se vor întoarce
le-a cusut și hamuri
cu ținte de-argint
și-a pus în căruță
flori de mărgărit

nie wieder

die freiheit lief barfuß
trat auf wolken
und drehte die erde mit ihren händen
sie hatte lange finger
und rosa fingernägel
sie lächelte immer
selten hatte sie hunger
und dann nahm sie
einen kupfernen kessel auf ihre schultern
und fragte die engel ob sie ihn brauchen
kindlich lächelte sie
bis ihr jemand drei perlen gab
dann nahm sie zwei runde steine
und zermahlte die perlen
und streute sie über eine jasminblüte
und aß
und wieder verging ihr hunger
für hundert jahre
und dann ging sie durch ein sehr fremdes land
sie wurde gefangen und in ketten gelegt
und die freiheit lächelte
sie wusste
dass die menschen im grunde gut waren
und sie brachten sie an einen ort mit vielen soldaten
und kein baum und keine blume
und dieser ort wurde genannt
arbeit macht frei
und die freiheit lächelte wieder

never again

libertatea umbla desculță
călca pe nori și învârtea pământul cu mâinile
avea degete lungi și unghii trandafirii
era mereu zâmbitoare
foarte rar i se făcea foame
și atunci lua o căldare de aramă pe umeri
și întreba îngerii de n-au trebuință și ea
zâmbea cu zâmbet de copil
până când cineva îi oferea trei boabe de mărgăritar
lua apoi două pietre rotunde zdrobea mărgăritarul
îl presăra pe o floare de iasomie și mânca
și iar îi trecea foamea pentru o sută de ani
apoi trecând printr-o țară foarte străină
a fost prinsă și pusă in lanţuri
și libertatea zâmbea
știa că oamenii sunt buni de felul lor
și ei au dus-o într-un loc cu mulți soldaţi
și niciun copac și nicio floare
și locul acela se numea arbeit macht frei
și libertatea a zâmbit iar
era o glumă bună
apoi i-au spus să-și scoată hainele și ea n-a vrut
nimeni n-a văzut-o fără straiele ei vechi ușoare curate
și ei i-au smuls bluza și rochia
și a înțeles atunci
că nu mai era glumă
și au împins-o într-o încăpere întunecoasă
acolo mai erau și alte libertăți

es war ein scherz
man sagte ihr sie solle die kleider ablegen
sie wollte nicht
niemand hatte sie je ohne ihre
alten leichten
sauberen kleider gesehen
und sie haben ihr die bluse und den rock
vom leib gerissen
und sie verstand
dass es kein scherz war
und sie stießen sie
in einen finsteren raum
dort waren noch andere freiheiten
und die türen wurden verriegelt
und ein schmerzender geruch überfiel sie
und die luft wurde immer dichter und schwerer
die luft wurde hart wie stein
sie verstanden
dass es die härte des todes war
und sie umarmten sich
und hielten sich im arm
wie eine große freiheit
bis es dunkel wurde
und still

weit weg
in einem anderen land
schrie jemand
vielleicht ihr vater
vielleicht ihre mutter
freiheit wo bist du

și ușile au fost apoi zăvorâte
și un miros dureros cobora peste ele
și aerul era tot mai dens tot mai greu
aerul s-a făcut tare ca piatra
au înțeles că e tăria morții
și s-au luat în brațe și au rămas așa îmbrățișate
ca într-o mare libertate
până când s-a făcut întuneric și liniște

departe în altă țară cineva strigă
poate tatăl ei
poate mama ei
libertate unde ești unde te-ai ascuns
dar libertatea nu s-a mai arătat

mormântul ei e o groapă comună
plină cu trupuri și var
undeva într-o țară îndepărtată
care s-ar putea numi oricum

wo hast du dich versteckt
aber die freiheit
zeigte sich nicht mehr

ihr denkmal ist ein massengrab
gefüllt mit leichen und kalk
irgendwo in einem fernen land
das man
wie auch immer nennen könnte

in der kirche

ich kniete in gedanken nieder
einige male
bevor ich meine knie
auf die kalten steine beugte

heute haben mehrere priester gepredigt
nur einer schien mir gläubig
der kleinste
mit unschuldigen augen
und einem zu weißen gesicht
ich habe einige schöne frauen gesehen
sie trugen kinder in ihren zarten armen
ich wollte ihre kleider mit der stirn berühren
so wie man das gewand der priester berührt
so viele jungfrauen mit kind
an einem einzigen sonntag

auf den knien
fingen die glocken an zu läuten
und ich dachte an dich
am altar
an deine schönen hände
diskret lächelte mich der pantokrator von oben an
im polierten stein

beim gehen
gab ich einer armen frau eine münze
und sie dankte mir nicht

la biserică

am îngenunchiat de câteva ori în mine
înainte să-mi plec genunchii pe dalele reci

astăzi au slujit mai mulţi preoţi
numai unul mi s-a părut credincios
cel mic de statură
cu ochii de copil şi chipul prea alb
am văzut câteva femei frumoase
purtau copii pe braţele lor fragile
am vrut să le ating hainele cu fruntea
aşa cum te atingi
de veşmintele preoţilor
atâtea fecioare cu pruncul
într-o singură duminică

stăteam pe genunchi
când au început să bată clopotele
mă gândeam la tine la altar
la mâinile tale atât de frumoase
de sus pantocratorul
îmi zâmbea discret
în piatra lustruită

la plecare
am dat unei sărmane un bănuţ
şi nu mi-a mulţumit
am auzit-o în urmă strigând
ajută-i Iisuse Hristoase

ich hörte sie hinter mir rufen
hilf ihnen jesus christus

ich lachte und stieg hinunter zur u-bahn
ich nahm drei stufen auf einmal

am râs şi-am coborât la metrou
sărind treptele din trei în trei

nautilus

irgendwo in einem tal
sind die weißen knochen
eines schiffes
ans licht gekommen

mit der hand in der tasche
zähle ich die zeit an meinen fingern ab
meine kleinen schritte trommeln
neben dem langen geblümten kleid
der mutter
damit ich mich beeile
hält sie mir etwas ans ohr
und plötzlich
laufen wir beide auf wellen
ich halte ihre hand
und das meer wütet
über uns die möwen

mit der hand in der tasche
zähle ich etwas an meinen fingern ab
und lache

nautilus

undeva într-o vale
au ieşit la lumină oasele albe
ale unei corăbii

eu cu mâna în buzunar
număr pe degete timpul
paşii mei mărunţi turuie
pe lângă rochia înflorată a mamei
să mă grăbesc
îmi duce ceva la ureche
şi deodată amândoi
umblăm pe valuri
mă ţin de mâna ei
şi marea
vuieşte
deasupra noastră
pescăruşii

cu mâna în buzunar
număr ceva pe degete
şi râd

auf dem ölberg

unser lager steht
seit ein paar tagen
am rande eines dorfes
ich ging mit mutter
in den wald
wir sammelten äste
eher die rinde
die von den stämmen fiel
wir legten sie in den sack
mutter war dünn
sie hatte schöne hände
die augen schwarz
tief und verträumt
der sack war schwer
und hing an mutters knochen
hie und da legte ich einen stock dazu
und sie küsste mich mit ihrem blick
dann kam der wächter
oder vielleicht der dreckige förster
mit hängendem bauch
über einem militärgürtel
warum stiehlst du zigeunerin
donnerte es von seiner heiseren stimme
lieber herr
ich stehle nicht
ich sammle nur ein paar äste
doch du stiehlst
denn das ist nicht der wald deines vaters

pe muntele măslinilor

şatra noastră de câteva zile
s-a oprit la o margine de sat
m-am dus cu mama la pădure
să adunăm vreascuri
mai mult coaja care cădea de pe trunchiuri
le puneam într-un sac
mama era slabă
avea mâinile frumoase
şi ochii negri adânci visători
sacul era greu şi stătea pe oasele mamei
eu mai puneam câte un băţ şi ea
mă săruta cu privirea apoi
a venit paznicul sau poate pădurarul
jegos cu burta răsfrântă
peste o curea soldăţească
de ce furi tu ţigancă a tunat
cu vocea lui răguşită
domnule dragă eu nu fur
adun nişte vreascuri atât
ba furi că nu-i pădurea lu tac-tu
re-aţi ai dracului de ţigani
şi i-a tras mamei o palmă
ia-ţi plodul şi cară-te de aici
mama n-a zis nimic
s-a uitat în pământ s-a clătinat
dar n-a lăsat sacul să-i cadă
urmele degetelor lui groase şi murdare
se vedeau pe obrazul ei

zum teufel mit den zigeunern
er schlug sie ins gesicht
nimm deinen bengel
und verschwinde
mutter sagte nichts
sie blickte zur erde
sie war schwach
aber ließ den sack nicht fallen
die spuren seiner großen
schmutzigen finger
waren auf ihrer wange zu sehen
ich schaute sie an
und sie sah mir nicht in die augen
damals haben mich die menschen
das erste mal gekreuzigt

eu am privit-o
şi ea nu s-a uitat în ochii mei
atunci m-au răstignit oamenii pentru prima oară

transsilvanischer nomade

die tapfere tochter
des zigeunerbarons
mutter
hatte vater befohlen
die pferde zu zähmen
im niederwald
der über dem wasser liegt
weil der zeitpunkt gekommen war
ich hatte mich in ihrem mutterleib vollendet
und entschied
jetzt
mit meinen eigenen augen
die schönheit der welt zu sehen

vaters makelloses messer
durchschnitt die schnur
die mich mit der welt der warmen schatten verband
mit seiner großen und rauen hand
schlug er mich auf den hintern
und ich habe geschrien
damit auch gott hört
dass alles in ordnung ist
und es war winter
und es war frühling
und es schneite auf einer seite
und auf der anderen
sprossen die schneeglöckchen

nomad transilvan

fiica cea curajoasă a bulibaşei
mama
i-a poruncit tatei să mâne caii
în crângul de peste apă
că-i venise sorocul
eu mă desăvârşisem în pântecele ei
şi hotărâsem că e vremea
să văd cu ochii mei frumuseţe de lume

cuţitul tatei fără cusur
tăie într-o clipă cordonul
ce mă lega de lumea umbrelor calde
iar palma lui mare şi aspră
mă izbi peste fund
şi eu am urlat
să audă şi Dumnezeu că totul e ok
şi era iarnă şi era primăvară
şi de-o parte ningea
şi de cealaltă în pâlcuri
dăduseră ghioceii

acum am ajuns la capătul lumii
aici toamna şi primăvara
se ţin de mână
iarna stă o noapte
şi dimineaţa pleacă spre nord

jetzt bin ich am ende der welt angekommen
hier gehen herbst und frühling hand in hand
der winter bleibt eine nacht
und in der früh
zieht er in den norden

was für ein segen
als nomade geboren zu sein
immer allein in anderen welten
doch niemals einsam

niemals vermisst du einen ort
durch den du zogst
außer dem
an dem du geboren bist
und an dem der engel
dich zum ersten mal im arm hielt
und dich wiegte
und dich auf die stirn küsste

ce binecuvântare să te naşti nomad
mereu te încearcă dorul de alte lumi

niciodată nu ţi-e dor
de vreun loc prin care ai trecut
în afară de unul
acela în care te-ai născut
şi în care îngerul
te-a luat prima oară pe braţe
te-a legănat
şi te-a sărutat pe frunte

ein gedicht aus dem du fehlst

als ich klein war
wusste ich nicht dass hunde töten können
alle meine hunde waren schön
und sanft wie lämmer
sie saßen vor dem tor
und warteten
dass ich von der schule komme
sie sprangen auf zwei beinen
und leckten mir das gesicht
und ich umarmte sie
und küsste ihr fell
auf der straße meiner kindheit
fuhren keine autos
das gras wuchs wild zwischen den steinen
im frühling wucherten die blumen
in weiß und gelb
manchmal aß der hund gras
und ich zählte die blumen
und sein magen schmerzte
und ich wusste es nicht
und ich war damals glücklich
und er wusste es nicht

ich habe erfahren
dass sie meine siedlung asphaltierten
und eine brücke ans ende der straße bauten
jetzt fahren autos in alle richtungen

poem din care tu lipseşti

când eram mic
nu ştiam că există câini ucigaşi
toţi câinii mei erau frumoşi
şi blânzi ca nişte miei
stăteau în faţa porţii
şi mă aşteptau să vin de la şcoală
săreau în două picioare
şi mă lingeau pe faţă
eu îi strângeam în braţe
şi-i sărutam pe blană
pe strada copilăriei nu circulau maşini
iarba creştea în voie printre pietre
primăvara năpădeau flori
multe albe şi galbene
uneori el mânca iarbă
iar eu număram florile
pe el îl durea stomacul
şi eu nu ştiam
eu eram fericit pe atunci
şi el nu ştia

am aflat că au asfaltat în cartier
şi au făcut pod la capătul străzii
acum aleargă maşini în toate direcţiile

pe strada copilăriei mele
nu mai sunt copii
şi nici câini nu mai sunt să-i aştepte

auf der straße meiner kindheit
sind keine kinder mehr
und auch keine hunde
die auf sie warten
vielleicht eine katze auf dem zaun
die sich sträubt
und ihre zähne zeigt

doar câte o pisică pe gard se
zburleşte şi îşi arată colţii

parfüm

an diesem tag
trugen wir neue kleidung
mutter kämmte uns das haar
und teilte es durch einen pfad
die schuhe aus der kiste
drückten ein wenig
alle straßen rochen nach parfüm
auf dem gehsteig
die schalen roter eier
ich habe gehört
sie haben eine blume
die verwelken könnte
sollen wir sie gießen
und wir vergossen unser billiges parfüm
und wir vergossen unser süßes parfüm
sie gaben uns eier und geld
wir waren sauber
und rochen stark
nach parfüm aus dem krämerladen
alle menschen waren sauber an diesem tag
auch unsere stadt war sauber
die ganze welt
glänzte vor sauberkeit
wir gossen die mädchen
mit unserem wertvollen parfüm
sie versteckten sich hinter ihren vätern
und schwiegen
die mütter gaben uns leckereien

parfum

în ziua aceea îmbrăcam hainele noi
mama ne pieptăna şi ne făcea cărare
pantofii scoşi din cutii ne jenau puţin
toate străzile miroseau a parfum
pe trotuare coji de ouă roşii
am auzit c-aveţi o floare
care vrea să se veştejească
e voie s-o udăm
şi stropeam cu parfumul nostru ieftin
şi stropeam cu parfumul nostru dulce
primeam ouă şi bani
eram curaţi
şi miroseam tare
a parfum de la alimentară
toţi oamenii erau curaţi în ziua aceea
şi orăşelul nostru era curat
întreaga lume strălucea de curăţenie
udam fetele cu parfumul nostru preţios
se ascundeau în spatele taţilor şi tăceau
mamele ne dădeau bunătăţi
şi ne mângâiau pe obraji
aveam în straiţă
ouă
cozonaci cu nucă
cozonaci cu mac
pască
în buzunare bănuţi
mulţi mulţi bănuţi

und streichelten unsere wangen
ich hatte im beutel
eier
striezel mit nüssen
striezel mit mohn
osterbrot
und in den taschen münzen
viele viele münzen
die klimperten
und wir versuchten uns zu erinnern
in welchem haus noch blumen waren
die verwelken konnten

an diesem tag
war ein fremder junge unter uns
er kam auch zum gießen
er war zerbrechlich
und seine schuhe waren zu klein
er blieb bis zum abend
bis zum schluss
er hatte mehr bekommen von den menschen
er hatte ein fläschchen parfüm aus dem laden
so wie wir
und seinen vollen beutel
ließ er uns

îi zornăiam
şi încercam să ne amintim
în care casă mai erau flori
care voiau să se vestejească

în ziua aceea
un băiat străin era între noi
a venit şi el la udat
era plăpând
şi îl jenau pantofii
a stat până seara
şi la sfârşit
straiţa lui plină
ne-a dat-o nouă
el
a primit cel mai mult de la oameni
avea o sticluţă cu parfum
de la alimentară
ca şi noi
şi straiţa lui plină
ne-a dat-o nouă

liebesgeschichte

als vater den himmel erreichte
fragte ihn gott
was kannst du am besten iosif
weil das war vaters name
iosif
ich herr kenne mich mit pferden aus
und gott gab ihm vier weiße pferde
mit breiter brust und langem hals
und einen wagen gab er ihm
aus aromatischem holz
seitdem ist vater im ganzen himmel unterwegs
mit goldenem geschirr
auf den pferden der heiligen
eines tages sah er mutter
eine junge frau
wie sie am webstuhl saß
und einen läufer webte
für gottes stube
vater fragte sie
kennen wir uns
und mama sagte
nein
aber ich mag wie du dich um die pferde kümmerst
wir könnten zuweilen auf ein picknick gehen
und vater lächelte
und ging seiner arbeit nach
im himmel

er wusste nicht was picknick bedeutet
und doch war er unglaublich glücklich

poveste de dragoste

când tata a ajuns în rai
Dumnezeu l-a întrebat
tu ce știi să faci iosife
că așa-l chema pe tata iosif
eu Doamne mă pricep la cai
și Dumnezeu i-a dat patru cai albi
cu piepturi late și grumazuri lungi
și o căruță i-a dat dintr-un lemn parfumat
de atunci tata aleargă prin tot raiul
cu hamuri de aur pentru caii sfinților
într-o zi a văzut-o pe mama tânără
cum țesea ea la un război
preșuri
pentru odaia lui Dumnezeu
tata a întrebat-o
ne cunoaștem
și mama a zis
nu
dar îmi place cum te porți cu caii
am putea ieși uneori la un picnic
și tata a zâmbit
și-a plecat să-și vadă de treabă prin rai

nu știa ce e acela picnic
și apoi era atât de fericit

ein hundert jahre altes foto

heute hab ich zwischen den seiten
ein hundert jahre altes foto gefunden
mein bruder und ich auf einem pferd
wir sind barfuß und tragen hemden
vater neben uns
er hält das pferd im zaum
in edler haltung
auch er ist barfuß
seine hosen sind hochgekrempelt
es ist schwer zu sagen
ob er mit uns prahlt
mit dieser schönheit von einem pferd
oder mit seinem aufgezwirbelten schnurrbart
nach ungarischer art

unsere blicke suchten
nach dem fotografen
die zeit erstarrt in verwaschenen sepiatönen
in der kulisse sucht meine mutter nach arbeit
auch sie klaut ein wenig ewigkeit

ich stecke die fotografie in ein schweres buch
und stelle es zurück
jahre später
wird es jemand öffnen
und uns für einen moment
seine freude schenken
unsere augen entdecken
und den warmen blick
des anonymen fotografen

o fotografie veche de o sută de ani

astăzi căutând printre hârtii
am dat peste o fotografie veche
fratele meu şi cu mine pe cal
suntem desculţi şi în cămăşuţe
tata lângă noi
ţine calul de căpăstru într-o poziţie marţială
şi el e desculţ
are pantalonii suflecaţi
e greu să-ţi dai seama
dacă se mândreşte cu noi
cu frumuseţea de cal
sau cu mustaţa lui răsucită ungureşte

privirile noastre căutând
fix spre fotograf
încremenesc timpul în tonuri şterse de sepia în planul
îndepărtat mama
căutându-şi de lucru
fură şi ea puţină veşnicie

pun fotografia într-o carte grea
şi-o aşez la loc
peste ani
altcineva deschizând-o
ne va dărui pentru o clipă
bucuria de a ne privi în ochi
căutătura caldă
a fotografului anonym

meine mutter die an träume glaubte

meine alte mutter
wartete am bahnhof
aus ihren träumen wusste sie
an welchem tag
und zu welcher stunde
ich ankommen würde
und ich habe mich gefreut
und ich habe sie geküsst
und ich habe geweint
sie hat mich nach meinem gepäck gefragt
ich habe nichts besonderes
habe ich gesagt
ich ging nach hause
sie neben mir
ihr rücken gebeugt
sie trug meine traurigkeit
wie einen schweren koffer
ich betrachtete den gepflasterten weg
bekreuzigte mich mit der zunge
und ich berührte nur die weißen steine

mama mea care crede în vise

bătrâna mea mamă
aştepta în gară
ştia din vis în ce zi şi la ce oră sosesc
şi m-am bucurat
şi am sărutat-o
şi am plâns
m-a întrebat de bagaje
i-am spus că nu am mare lucru
am plecat spre casă alături
ea mai aplecată de spate
cărându-mi tristeţea ca pe o geantă grea
eu priveam caldarâmul
îmi făceam cruce cu limba
şi atingeam numai pietrele albe

wirklichkeit

mein vater trug in seinen armen
ein stück holz
groß und schwer
was machst du mit dem holz
das habe ich ihn gefragt
ich bringe es
damit du mir einen engel baust
denn sieh nur
ich habe keinen engel mehr
gut
sage ich
mit engeln kenne ich mich aus
aber was für ein holz ist das
ich finde es unglaublich schön
und es hat so einen besonderen duft
es ist sicher nicht aus unserem tal
frag nicht
sondern nimm es sohn
es ist schwer für mich
und mache zügig aus ihm
ein wesen das fliegen kann
und vater setzte sich auf einen stein
er zog aus der tasche ein stück trockenes fleisch
und mit seinem alten taschenmesser
schnitt er kleine stückchen ab
und gab sie den kleinen goldenen eidechsen

aievea

tata căra în braţe o scândură mare şi grea
ce faci cu scândura aia l-am întrebat
am adus-o să-mi faci un înger din ea
că iată nu mai am înger
bine zic
la îngeri mă pricep cel mai bine
dar ce lemn e acesta
îmi pare neasemuit de frumos
şi are aşa o mireasmă aparte
nu e din valea noastră desigur
nu mai întreba ci ia-l fiule că mi-e greu
şi fă din el degrabă o fiinţă să zboare
şi tata s-a aşezat pe o piatră
a scos din buzunar o bucată de carne afumata
şi cu briceagul lui vechi
tăia bucăţi mărunte
şi le dădea unor şopârle mici aurite

topoarele mele ascuţite izbeau cu pricepere
şi la fiecare atingere se auzea aşa un icnet
şi nu-mi dădeam seama dacă oftam eu
sau ofta lemnul
şi când a fost gata
pe jos era o baltă de sânge
nu te speria mi-a spus tata
acela nu e sângele tău
şi îngerul s-a ridicat în picioare
a deschis larg aripile

meine scharfen äxte stießen geschickt
und bei jeder berührung
erscholl ein ächzen
und ich wusste nicht
ob ich stöhnte
oder das holz stöhnte
und als es fertig war
war am boden eine lache aus blut
erschrecke dich nicht
sagte mein vater
das ist nicht dein blut
und der engel hatte sich erhoben
und seine großen flügel aufgespannt
und meinen vater in den arm genommen
und sogleich erreichten sie die wolken
ich blieb zurück
und schaute verwundert nach oben
mit der hand schützend über den augen
die eidechsen liefen um mich herum
kicherten und lachten
wie menschen

l-a luat pe tata în braţe
şi îndată au ajuns la nori
eu am rămas aşa privind în sus
cu mâna streaşină la ochi
şopârlele alergau în jurul meu
chicotind şi râzând omeneşte

ein paar zeilen über mutter

mutters herz
ist eine nehrung
wo die wilden pferde schlafen
mutters herz
ist eine lichtung
zu der die singvögel kommen
mutters herz
ist ein mast
auf dem sich die engel ausruhen
mutters herz
ist ein hügel
bedeckt mit kirchen und kreuzen
mutters herz
ist ein gefäß aus erde
aus dem die tauben trinken
mutters herz
ist ein häuschen mit veranda
darüber deine stube
die sich nachts
mit dem ganzen himmel füllt

câteva rânduri despre mama

inima inima mamei e un grind
acolo dorm caii sălbatici
inima mamei e un luminiş
acolo vin paseri şi cântă
inima mamei e un catarg
pe care se odihnesc îngerii
inima mamei e un deal
acoperit de biserici şi cruci
inima mamei e un vas de pământ
din care beau porumbeii
inima mamei e o căsuţă cu prispă
pe acolo noaptea
îţi intră în odaie tot cerul

merkaba

sorgt euch nicht
eines guten tages
werde ich nach hause kommen
in einem wagen
mit rädern aus blumen
und einem blauen dächlein
gezogen von zwölf einhörnern
mit bunten bändern in der mähne
sie werden den rückweg kennen
ihr werdet mich schlafend finden
zwischen blüten und papyrusblättern
auf die ich
in einer unbekannten sprache
ein neueres testament
geschrieben habe

merkaba

nu vă îngrijorați
într-o bună zi
am să mă întorc acasă
într-o căruță cu roți de flori
și coviltir albastru
trasă de doisprezece inorogi
în coame cu panglici colorate
ei vor ști drumul de întoarcere
mă veți găsi adormit între petale
și foi de papirus
pe care am scris
într-o limbă necunoscută
un testament și mai nou

der letzte brief

meine spuren im sand führen zum meer
niemals werdet ihr wissen
ob ich ein boot genommen habe oder
umherspaziere in den tiefen
hand in hand mit den nymphen
mit seesternen auf den schultern
solange ihr meinen Körper nicht findet
verliert nicht die hoffnung
meine kleidung wartet brav

sandalen
hose
hemd
und die uhr die zu mittag
stehen geblieben ist
wenn ihr sie vorsichtig hebt
werdet ihr sehen
dass unter ihr das gras gewachsen ist
und die form meines leibes annahm
dorthin bringt einen stein
und setzt ihn sogleich auf mein herz

ultima scrisoare

urmele mele pe nisip duc spre mare
niciodată nu veţi şti
dacă am luat o barcă
sau mă plimb prin adâncuri
ţinându-mă de mână cu nimfe
pe umeri cu stele de mare
câtă vreme nu îmi vor găsi trupul
să nu vă pierdeţi speranţa
hainele mele aşteaptă cuminţi

sandalele pantalonii cămaşa şi ceasul
care s-a oprit la ora amiezii
dacă le veţi ridica cu grijă veţi vedea
că sub ele a crescut iarbă
luând forma trupului meu
acolo să aduceţi o piatră
şi să mi-o aşezaţi direct pe inimă

erscheinung

heute morgen
habe ich eine wolke am himmel gesehen
sie ähnelte einem schiff
mit den segeln im wind
ich sagte mir
schau
gott macht eine reise
um die erde
ich laufe und richte das haus
werfe einen tropfen weihrauch in die glühende kohle
etwas basilikum in eine schale
ein sauberes tuch auf den tisch
setze mămăligă auf
und warte...

vedenie

azi dimineaţă
am văzut pe cer un nor
semăna cu o corabie
cu pânzele în vânt
îmi zic
uite
Dumnezeu face o călătorie
în jurul pământului
alerg şi-mi primenesc casa
pun o lacrimă de tămâie pe un jăratic
nişte busuioc într-o ulcică
un ştergar curat pe masă
pun de-o mămăligă
şi aştept...

psalm

meine seele
ein krug aus lehm
vergessen auf einem zaun
irgendwo

wende ihn
herr
mit der öffnung nach oben
und stelle blumen hinein

psalm

sufletul meu
o ulcică de lut
uitată pe un gard
oarecare
Doamne
întoarce-o cu gura
în sus
şi pune-i
o floare

hey

hey
damals nahm ich die steine auf die schultern
und warf sie in die weite
und sie wurden
zu menschen
und zu pfauen
und bräuten
und himmel
hey
damals lief ich barfuß
von morgens bis abends
von frühling bis herbst
im winter konnte ich meine schuhe nicht anziehen
wegen der flügel an meinen knöcheln
hey
damals kannte ich den richtigen ort
für einen brunnen
und konnte dir aus ton einen krug formen
spielerisch band ich damals die pferde fest
und löste sie wieder
ich tränkte sie
ich striegelte sie
und manchmal ritt ich aus
bis zu dir
bis unter dein fenster
der mond sah und lächelte mit seiner versteckten seite
hey
damals war zwischen meinen karawanen

ehei

ehei
pe atunci luam pietrele pe umeri
şi le aruncam cât colo şi ele se făceau
oameni
şi păuni şi mirese şi cer
ehei
pe atunci alergam desculţ
de dimineaţa până seara
din primăvară până-n toamnă
iarna nu mă puteam încălţa
din pricina aripilor de la glezne
ehei
pe atunci ştiam să aleg loc de fântână să
frământ lutul să-ţi fac din el ulcică de băut
pe atunci legam şi dezlegam caii într-o joacă
îi adăpam îi ţesălam şi uneori încălecam
şi alergam până la tine sub fereastră
luna se uita şi zâmbea cu partea ei ascunsă
ehei
pe atunci între şatra noastră şi casa ta
era o câmpie de spini
un ţintirim
şi-o pădure înfricoşată
şi tu nu ştiai nimic despre toate acestea

und deinem haus
ein dorniges feld
ein friedhof
und ein schrecklicher wald
und über all diese dinge
wusstest du nichts

epilog

und wenn das ende der welt kommt
was dann
bin ich denn verrückt geworden
mir einen bunker zu bauen
um lebendig begraben zu sterben
ich klettere lieber auf einen baum
während ich auf einem ast schaukle
sehe ich heiter wie sie kommen
das wasser oder das feuer
ich nehme ein paar vögel unter meine arme
sie sollen für mich singen
sie sollen mit mir fliegen
und wenn du bei mir bist
in diesem augenblick
werde ich dich auf den mund küssen
lange
damit du nichts sagst
gebeichtet und verziehen
treten wir durch das große tor
der priester vor uns
die hochzeitsgäste hinter uns
jubelnd und schreiend
wird im licht der neuen sonne
der glanz unserer kronen
die verwunderten augen der engel
verletzen

epilog

şi dacă vine sfârşitul lumii ce
am înnebunit să-mi fac buncăr
să mor îngropat de viu
mai bine mă urc într-un copac
şi aninat pe o creangă
mă uit senin cum vine apa sau focul
iau nişte păsări subsuoară
să-mi ţină de cântec
să-mi ţină de aripe
şi dacă vei fi lângă mine
chiar în clipa aceea te voi săruta pe gură
lung ca să nu zici nimic
spovediţi şi împărtăşiţi
vom intra pe poarta cea mare
cu popa înaintea noastră
şi nuntaşii în urmă
tot dansând şi chiuind
şi în lumina soarelui celui nou
coroanele noastre cu strălucirea lor
vor răni ochii miraţi
ai îngerilor

reisende

auf unseren irrfahrten durch die welt
hielten wir immer an den schönsten stellen
an den blumen banden wir die pferde
zwischen zwei klaren gewässern
reihten wir die wagen im kreis
und wenn das wasser trübe wurde
und auf uns zukam
wussten wir
es ist an der zeit weiterzuziehen
so schafften wir es
niemals an einem ort zu verweilen
und wir verliebten uns nie in menschen
der himmel und die erde waren uns genug

bis irgendwann
ein gieriger könig
uns sah
arm und friedlich waren wir
bei gott wie friedlich
und beschloss
uns in ketten zu legen

călători

in rătăcirile noastre prin lume
mereu ne opream în locurile cele mai frumoase
ne priponeam caii de flori
între două ape limpezi
căruţele le aşezam în cerc
şi când apele se tulburau
şi veneau spre noi ştiam
era vremea să plecăm mai departe
aşa ne feream să ne fixăm într-un loc
să ne îndrăgostim de oameni
cerul şi pământul ne erau de-ajuns

până într-un veac
în care un rege hapsân
văzându-ne săraci şi blânzi
Doamne ce blânzi
s-a gândit să ne pună în lanţuri

der bär

mutter erzählte mir häufig von einem bären
der mit ihr und den geschwistern aufgewachsen sei
und mit dem der großvater
im sommer durch die dörfer zog
er spielte tamburin und sang
mit einer so tiefen stimme
dass die erde unter ihren füßen bebte
und der bär tanzte seinen tanz
wild und trostlos
wie die musik des alten
er wurde nur angebunden
wenn sie unter fremden waren
sonst war er frei
und lief neben ihnen her wie ein haustier
abends wenn alle ums feuer saßen
erschien der bär wie ein großer bruder
eine gottheit die zu ihnen herabgestiegen war
um für sie zu sorgen
um ihnen von einer entfernten vergangenheit zu
erzählen
um ihnen den weg zur glückseligkeit zu zeigen

mutter sagte er sah die sterne seltsam an
er verschwand einige tage im wald
und bei seiner rückkehr
brüllte er auf eine weise
dass ihn die hunde erkannten
und sich die pferde nicht erschreckten

ursul

mama îmi povestea adesea de un urs
care a crescut cu ea şi ceilalţi fraţi
şi pe care bunicul îl plimba vara prin sate
bătea într-o tamburină şi cânta din gură
cu o voce de bas de le vibra pământul sub picioare
şi ursul juca un dans sălbatic şi trist
ca muzica bătrânului
îl ţineau legat doar când treceau printre străini
în răstimpuri era liber
şi alerga pe lângă ei ca un animal de casă
seara stând cu toţii în jurul focului
ursul părea un frate mai mare
o zeitate coborâtă între ei să le poarte de grijă
să le vorbească de un trecut îndepărtat
să le arate mereu calea spre fericire

mama spunea că se uita ciudat la stele
dispărea câteva zile în pădure
şi la întoarcere urla într-un anumit fel
să-l recunoască câinii şi să nu se sperie caii
apoi a murit
l-au îngropat ca pe un om
la cap i-au pus o piatră mare rotundă

apoi a venit războiul
toată familia fu strămutată într-o ţară de departe
de unde s-au întors doar mama şi trei fraţi mai mici
spuneau că la întoarcere li se tot arăta în cale

und dann starb er
sie haben ihn begraben
wie einen menschen
über dem kopf setzten sie ihm
einen großen runden stein

dann kam der krieg
die familie wurde verschleppt
in ein fernes land
nur mutter und ihre drei jüngeren brüder
kehrten zurück
sie erzählte
dass bei der heimkehr
immer wieder
ein großer brauner bär auf ihrem pfad erschien
immer an kreuzungen
der ihnen den weg nach hause
zeigte

un urs mare brun fmapărea mereu la răscruci
şi le arăta încotro s-o apuce

die braut

verlier keine zeit mit mir frau
ich bin sand aus dem man burgen baut

siehst du nicht
dass ich immer mit dem gesicht nach oben schlafe
wie ein toter
jemand kämmt mir den bart im schlaf
und ich wache auf
mit geflochtenen haaren
wie für die fahrt in ein versprochenes land
ich wache auf
gekleidet wie für eine hochzeit
in einem anderen hemd
mit einem weißen pferd am tor
zieh dein hochzeitskleid
nicht an
lass es wurzeln schlagen in der wiese

siehst du nicht
dass ich immer mit dem gesicht nach oben schlafe
wie ein toter
verlier keine zeit mit mir frau
es gibt keine liebe
nur wenn du weinst

außer den kastanien
im hof der schule
habe ich niemanden mehr in dieser stadt

mireasa

nu-ţi pierde vremea cu mine femeie
sunt un nisip din care faci castele

nu vezi că dorm mereu cu faţa în sus
ca un mort
cineva îmi piaptănă barba în somn
şi mă trezesc cu pletele împletite
ca de plecare spre o ţară promisă
mă trezesc gătit ca de nuntă
în altă cămaşă cu un cal alb la poartă
nu îmbrăca rochia de mireasă
las-o să zacă în rădăcinile ierbii

nu vezi că dorm mereu cu faţa în sus
ca un mort
nu-ţi pierde vremea cu mine femeie
iubirea nu există
ea e doar când plângi

în afară de castanii din curtea liceului
nu mai am pe nimeni în oraşul acesta

vimana

eines tages werde ich christus
an der hand nehmen
und vor gottes antlitz treten
und ihm sagen
sieh herr
dein sohn
an ihn habe ich geglaubt
ich wusste
dass er mich zu dir bringt
und gott wird mir sagen
er ist nicht mein sohn
der
den du an der hand hältst
bin ich
und weil du geglaubt hast
was er sagte
bist du wohlauf zu hause angekommen

in der stube nebenan
habe ich dir einige meißel vorbereitet
meißel aus gold
meißel aus eisen
welche wählst du
meißel aus eisen herr
denn sie sind härter
und der herr wird lachen
und das universum wird donnern

vimana

într-o zi
am să-l iau pe Hristos de mână
și am să mă înfățișez lui Dumnezeu
și-am să spun așa
iată Doamne Fiul tău
în el am crezut
am știut că mă va aduce la tine
și Dumnezeu îmi va zice
nu e Fiul meu
acela pe care îl ții de mână
sunt chiar eu
și pentru că ai crezut ce-a spus el
iată că ai ajuns cu bine acasă

în camera alăturată sunt dălți
dălți de aur și dălți de fier
ce alegi
dălți de fier Doamne
ce să fac cu dălți de aur
că se tocesc una-doua
și Dumnezeu va râde atunci
de se va auzi în tot universul

dantes lied

hätte ich gewusst
dass nach dir so schnell
die einsamkeit kommt
ich hätte dich nicht gehen lassen
ich hätte die tür versperrt
sie mit brettern vernagelt
die fenster hätte ich so gelassen
dein schatten auf ihnen
ich habe mich von den menschen entfernt
ich halte sie alle auf eine lanzenlänge abstand
ich habe mich verbarrikadiert
in mir selbst
ich sitze in meinem inneren wie in einem grabdenkmal
manchmal will ich schreien
aber die einsamkeit legt mir den finger auf den mund
sie küsst mich
sie legt mich schlafen
ich bin ein baum
um den der ganze wald gerodet ist
ich bin ein flussbett
eine trockene quelle
vor dem mächtigen meer habe ich mich im sand
verlaufen
ich bin ein stein von der erde verschluckt
kein meißel wird noch einen gott aus mir machen
ich bin ein papierdrache
mit abgeschnittener schnur
mein flug von nun an
nur noch fall

cântecul lui dante

nu te lăsam să pleci dacă ştiam
că în locul tău se mută
atât de repede singurătatea
apoi am încuiat uşa am bătut-o în scânduri
ferestrele aşa le-am lăsat cu umbra ta pe ele
m-am depărtat de oameni
îi ţin pe toţi la distanţa unei lance
m-am baricadat în mine însumi
stau înăuntrul meu ca într-o statuie funerară
uneori vreau să strig
dar singurătatea îmi pune degetul pe gură
mă sărută mă adoarme
sunt un copac din jurul căruia s-a tăiat toată pădurea
o albie de râu mă aflu izvorul lui secat
înainte de marea cea mare m-am scurs în nisip
o piatră sunt înghiţită de pământ
nicio daltă nu va mai scoate zeul din ea
sunt doar un zmeu de hârtie cu sfoară tăiată
zborul meu de acum
e numai cădere

das hemd

heute habe ich
ein teures hemd
von hand gewaschen
mit kaltem wasser
und ich erinnerte mich an mutter
die ärmste
wie viele bittere jahre
sie mit ihren händen gewaschen hat
für zehn leute
so viele waren wir daheim

als sie jahre später kam
um mich zu sehen
bemerkte ich ihre hände
die langen und zarten finger
und ihre rosa fingernägel
haben noch gefunkelt

ich hoffe im himmel
hat gott nicht von ihr verlangt
seine langen hemden zu waschen
sondern hat sie neben sich gesetzt
und sieht sie liebevoll an
und manchmal holt er eminescu und nichita
damit sie ihr gedichte vorlesen
so wie ich ihr vorgelesen habe
wenn ich in den ferien kam

cămaşă

astăzi am spălat de mână cu apă rece
o cămaşă mai pretenţioasă
şi mi-am amintit de mama sărăcuţa
câţi amar de ani a spălat cu mâinile ei
pentru zece oameni
atâţia eram noi în casă

şi când a venit peste ani să mă vadă
am văzut ce mâini frumoase avea
cu degete lungi şi delicate
iar unghiile ei trandafirii încă mai străluceau

nădăjduiesc că în cer
Dumnezeu n-a pus-o să-i spele cămăşile cele lungi
ci a aşezat-o lângă el şi o priveşte cu drag
şi uneori îi cheamă pe eminescu şi pe nichita
să-i cetească poezii cum îi citeam eu
când veneam în vacanţe

ea nu ştie să scrie şi să citească
dar îi plac atât de mult poeziile
şi când ne vom întâlni iarăşi
am să-i aşez în braţe cărţile mele cu poeme
din care îi va ceti
însuşi Dumnezeu

sie kann nicht schreiben
und nicht lesen
aber sie mag gedichte
und wenn wir uns wiedersehen
werde ich ihr meine bücher mit gedichten
in den schoss legen
und gott selbst
wird ihr daraus vorlesen

spiegel der vergangenheit

mach die augen zu
ruft mutter
und seift mich ein
mit einem graublauen würfel wie aus stein
es war die seife
mit ihrem geruch nach ranzigen grammeln
ihre kanten spürten wir auf unseren schmächtigen
körpern
noch schmerzvoller war es
wenn sie über unsere knochen glitten
dann schrien wir und strampelten herum
wir wischten unsere augen mit brennendem wasser
und schlugen mit den füßen in die zinkwanne
mutter
die liebe
beeilte sich
weil wir viele waren
und sie musste uns alle waschen
damit wir sauber sind und gut riechen
danach kämmte sie uns mit einem knöchernen kamm
mit sehr feinen zähnen
dabei waren mutters gesten sanft
es war eine art streicheln
das den schlaf brachte
selten hatten wir läuse
nur wenn wir sie aus der schule mitnahmen
aber mutter hatte uns im blick
und jeden tag untersuchte sie den nacken

oglinda trecutului

închide ochii
striga mama
şi mă săpunea cu un cub gri-albăstrui ca de piatră
era săpunul de casă cu mirosul lui de jumări râncede
muchiile lui tari le simţeam apăsându-ne trupurile
slăbănoage
mai dureros era când trecea peste oase
atunci urlam şi ne zbăteam
ne ştergeam la ochi cu apa usturătoare
şi izbeam cu picioarele în covată
mama draga de ea se grăbea
că eram mulţi la rând
şi trebuia să ne spele pe toţi să fim curaţi să mirosim
frumos
apoi ne pieptăna cu un pieptăn de os cu dinţii foarte
mărunţi
atunci gesturile mamei erau line
era un fel de mângâiere aducătoare de somn
rareori aveam păduchi şi atunci când luam de la şcoală
dar mama era cu ochii pe noi
şi în fiecare zi ne căuta la ceafă
apoi ne săruta pe creştet
mă întrebam adesea cum le putea mama face pe toate
acum ştiu
în jurul ei era o armată de îngeri
ei trudeau
dar asta se vedea numai pe fruntea şi pe tâmplele mamei

dann küsste sie uns auf den scheitel
ich habe mich oft gefragt
wie mutter das alles schaffte
jetzt weiß ich es
um sie herum war eine armee von engeln
sie waren verschwitzt
aber das konnte man nur
auf mutters stirn und schläfen sehen

wen soll ich beklagen

die gräber meines volkes
liegen entlang des weges
zu den gärten gottes
aber wer kennt sie noch
nur wenn die spur der räder nicht verweht
das feuer nicht erloschen ist
und die erde noch feucht ist
von tränen
könntest du sehen
wo sie gegraben wurden

seither sind jahrhunderte vergangen
wer fragt nach ihnen
wer hat anspruch auf sie
die steine rund und weiß wie der mond
sind verschwunden
einer nach dem anderen
völker sind dort vorbeigezogen
und haben aus ihnen altäre gemacht

die gräber meines volkes
sind gezählt
von den engeln gottes
die über sie wachen
bis zur wiederkunft

jelui-m-aş şi n-am cui

mormintele neamului meu
sunt aşezate frumos
de-a lungul drumului
până în grădinile lui Dumnezeu
dar cine le mai ştie locul
doar dacă urmele roţilor nu s-au şters
şi nu s-a stins de-a binelea focul
şi dacă pământul de lacrimi nu s-a uscat
ai mai putea vedea unde s-a săpat

au trecut de atunci veacuri şi ere
cine întreabă de ele cine le cere
pietrele rotunde şi albe ca luna
au dispărut una câte una
au trecut pe acolo popoare
şi-au făcut din ele altare

mormintelor neamului meu
le mai ţine răbojul
un înger al lui Dumnezeu
care are de ele ştire
până hăt la a doua venire

în loc nu se oprea niciodată
doar atunci când îşi îngropa
câte-un tată
sau un fiu
fără cădelniţă

mein volk blieb nie an einem ort
außer um einen vater zu begraben
oder einen sohn
ohne weihrauch
ohne einen sarg
hochzeiten und taufen
feierten sie auf ihren wegen
alles war in balance
alles war ein tanzen
alle gräber meines volkes
wurden auf knien gegraben
mit messern

wenn du einen brunnen gräbst
und du findest einen knochen
in der erde
sollst du wissen
dass dort ein grab
meines schönen volkes lag
dann sollst du nicht ruhen
sondern graben
denn dort wirst du
kristallklares wasser
finden

fără sicriu
nunţile şi botezul
se făceau în mişcare

totul era în balans
totul era o dansare
toate mormintele neamului meu chinuitul
au fost săpate pe genunchi cu cuţitul

dacă vreodată vei săpa o fântână
şi vei da în pământ
de vreun os
să ştii că acolo
a fost un mormânt
al neamului meu preafrumos
şi atunci
să nu te opreşti
ci sapă
căci sigur vei da
peste-o limpede apă

das leben

das leben muss sein
eine reihe verlassener ägypten
und eine menge roter meere
vorbeigezogen mit angehaltenem atem
das leben bedeutet
alles was du besitzt
durchs feuer zu bringen
und nur mitzunehmen
was gereinigt wurde
das leben bedeutet
beim kreuz stehen zu bleiben
und zu sagen
schau gott
ich habe alles verkauft
was mir fehlte
und bin gekommen
um mit dir
das silber zu teilen

viaţa

viaţa trebuie să fie
un şir de egipturi părăsite
şi o mulţime de mări roşii
trecute cu sufletul la gură
viaţa înseamnă
să treci prin foc tot ce ai
şi să iei cu tine
doar ceea ce s-a limpezit
viaţa înseamnă
să te opreşti la cruce şi să spui
iată Doamne
am vândut tot ce mi-a lipsit
şi am venit să împart
tot argintul cu tine

zu besuch bei gott zu hause

ich ging gedankenlos
an gottes hof vorbei
er war zu hause denn ich habe ihn
drinnen werken gehört
ich stand auf meinen zehenspitzen
und fragte ihn
mit meiner nase durch den bretterzaun
was machst du herr
schau ich versuche mich auch
an einem selbstporträt
kann ich es sehen
habe ich ihn noch gefragt
komm das tor ist offen
und ich bin hineingegangen

gott arbeitete eifrig an einem stein
er war voller wolken auf seiner blauen schürze
er streckte mir die hand entgegen mit der er den
hammer hielt
ich schüttelte sein handgelenk
und was machst du so sagte er
ich kam vorbei und habe dich gehört
und während wir uns unterhielten
sah ich mir seine arbeit an
gott meißelte mich
aber das bin doch ich gott rief ich erschrocken
tatsächlich ist mir gar nicht aufgefallen
sagte er lächelnd

vizită la Dumnezeu acasă

treceam fără de gânduri
pe lângă ograda lui Dumnezeu
era acasă că l-am auzit trebăluind
m-am ridicat pe vârfuri
şi l-am întrebat aşa cu nasul printre uluci
ce faci Doamne
iaca şi eu încerc un autoportret
pot să văd l-am mai întrebat
hai poarta e deschisă
şi-am intrat

Dumnezeu lucra de zor la o piatră
era plin de nori pe şorţul lui albastru
mi-a întins mâna în care ţinea ciocanul
l-am strâns de deasupra încheieturii
da tu ce mai faci zise el
treceam pe aici şi te-am auzit
şi în vreme ce vorbeam mă uitam la lucrarea lui
Dumnezeu mă cioplea pe mine
dar ăsta sunt eu Doamne strig eu speriat
serios nici nu mi-am data seama zise el zâmbind
hai şezi şi mai spune-mi de tine
am stat de vorbă până la asfinţit
mi-a spus despre el o căruţă de taine

dacă treceţi pe acolo
nu-i duceţi cadouri că nu primeşte
cel mai mult îi place să fiţi desculţi
şi cu mâinile goale

komm setz dich und erzähle mir von dir
wir unterhielten uns bis sonnenuntergang
er erzählte mir eine wagenladung
an geheimnissen

wenn ihr dort vorbeikommt
bringt keine geschenke
denn die nimmt er nicht an
am liebsten mag er es
wenn ihr barfuß kommt
mit leeren händen

ibuprofen

ich kenne hier eine kirche
von außen ist sie hässlich
ganz und gar aus beton
aber in einer dunklen nische
versteckt sich ein altes kruzifix
göttlich gemeißelt von einem anonymen bildhauer
oft sehe ich das leere kreuz und dann gehe ich hinein
und der erlöser sitzt
an einem kleinen niedrigen tisch
und verkauft kerzen und postkarten
mit seinem blutigen und schönen antlitz
er versteckt seine wunden
unter ein paar wollhandschuhen
nur seine finger sieht man
lang und dünn
die eines lehrers
wie geht es dir fragt er mich
während er mich durch seine kapuze anschaut
wie geht es deiner frau und den kleinen
und deinen steinernen götzen
danke es geht allen gut
sogar meinen götzen und ich lache
er lächelt nur
ich habe noch nie seine zähne gesehen

kann ich dir behilflich sein frage ich ihn
ja sagt er komm an meinen platz
ich will noch ein bisschen raus

algocalmin

ştiu aici o biserică urâtă pe dinafară
cu totul şi cu totul din beton
dar
într-o nişă întunecată se ascunde un crucifix vechi
cioplit dumnezeieşte de un sculptor anonim
de multe ori văd crucea goală şi atunci intru
mântuitorul stă la o măsuţă joasă şi vinde lumânări
şi ilustrate cu chipul lui însângerat şi frumos
îşi ascunde rănile cu nişte mănuşi de lână
doar degetele i se văd lungi şi subţiri de învăţător
ce mai faci mă întreabă privindu-mă pe sub glugă
ce-ţi face soţia şi ăia mici
dar idolii tăi de piatră
mulţumesc fac bine toţi
chiar şi idolii mei şi râd
el zâmbeşte doar
niciodată nu i-am văzut dinţii

te pot ajuta cu ceva îl întreb
da spune el stai în locul meu
vreau să mai ies puţin
să mă plimb prin oraş să mai văd lumea
bine du-te dar nu sta mult sunt reci pereţii aici
ţine asta zice şi-mi pune pe umeri o cruce de foc
nimeni nu intră în biserică şi adorm cu capul pe masă
mă trezesc într-un târziu şi sunt mâhnit că nu am
vegheat
mântuitorul e la locul lui pe cruce în nişa întunecată

um in der stadt spazieren zu gehen
um leute zu sehen
gut gehe nur aber bleib nicht lange
die wände sind kalt hier
nimm das sagt er
und legt ein brennendes kreuz
auf meine schultern

keiner kommt in die kirche
und mit dem kopf auf dem tisch
schlafe ich ein
irgendwann später wache ich auf
und ärgere mich
denn ich habe nicht gewacht
der erlöser ist zurück an seinem platz
auf dem kreuz
in der dunklen nische
nur auf seiner stirn sieht man
ein licht
und in seinen augen

ich gehe an ihm vorbei
und berühre seine wunden
wenn du wieder einmal vorbeikommst
bring ein ibuprofen mit
die knochen tun mir verdammt weh
ja herr
soll ich dir noch etwas bringen
nein
dich solltest du öfter bringen
du weißt die einsamkeit ist hässlicher als

numai pe fruntea lui se vede o lumină şi-n ochi

trec pe lângă el şi-i ating cu degetele rana de la picior
când mai vii să iei cu tine nişte algocalmin

mă dor ale naibii oasele astea
da Doamne am să-ţi aduc
şi altceva să-ţi mai aduc altceva
nu
pe tine să te aduci mai des
tu ştii
singurătatea
e mai urâtă decât
moartea
da
ştiu
cum
să
nu
ştiu...

der tod
ja
ich weiß
wie könnte ich das vergessen...

der wanderer

dieses land hatte noch keinen namen
ich stieß meine kupfertasse
mit der ich das wasser kostete
gegen einen runden stein
und machte aus ihm ein götzenbild
das dir ähnelte
nicht zu klein
nicht zu groß
so stolz wie du dasitzt
mit einer hand im schoß

ich erinnere mich nicht
an die andere hand
ob du mir damit über die stirn strichst
oder für mich den rückweg
in den sand zeichnetest

über die grenze
bin ich nicht gegangen
ich habe deinen namen
in einen jungen baum geschrieben
dann erst
konnte ich ihn vergessen

călător

ţara aceea nu avea încă un nume
izbeam de o piatră rotundă
cana mea de aramă
cu care încercam apele
şi-am făcut din ea un idol
nici prea mic
nici prea mare
semăna cu tine
aşa cum stai tu mândră
cu o mână în şold

nu-mi amintesc de cealaltă mână
dacă îmi ştergeai cu ea fruntea
sau îmi desenai pe nisip
drumul de întoarcere

n-am mai trecut hotarul
ţi-am scris numele
pe un copac tânăr
abia mai apoi
l-am uitat

manuskript vom toten meer

der herbst ist gekommen
ich erklimme den berg
mit einem bärenfell
in meinem tornister
um mir eine höhle zu suchen
einen spalt im felsen
und ich lasse meine kleider und stiefel draußen
und hülle mich in das fell
kauere wie im bauch einer anderen mutter
im dunkeln rede ich mit mir selbst
wieder und wieder bis zu dem tag
an dem ich weiß
wer ich bin
und dass ich aus dieser höhle geboren werde
aus dem bärenfell ins licht
und nackt wie ein neuer adam
den berg hinabsteige
und ein lied singe
in einer unbekannten
ton und mundart
bis aus den menschen
einer hervortritt
und mir einen umhang auf die schulter legt
in einer hand ein schilfrohr
und auf dem kopf
eine schöne krone
aus dornen

manuscris de la marea moartă

a venit toamna ah iar a venit toamna
urc muntele cu o blană de urs în raniţă
să-mi caut o peşteră
o crăpătură de stâncă
şi lăsându-mi hainele şi bocancii afară
să mă învelesc în blana moale
ghemuit ca în pântecele altei mame
pe întuneric să stau de vorbă cu mine
iară şi iară până în ziua în care
voi fi convins că am aflat cine sunt
şi că vreau să mă nasc din peştera aceea
să ies din blana de urs în lumină
şi dezbrăcat ca un nou adam
să cobor muntele cântând o cântare
într-o cheie şi o limbă necunoscute
până când dintre oameni
se va desprinde unul
şi-mi va pune pe umeri o mantie
într-o mână o trestie
şi pe cap o coroană de spini

winterlich

bei sonnenuntergang
stellte mutter
eine kleinere sonne ins fenster
die lampe
in vaters glas
die ganze traurigkeit
ich mit den gedanken in der ferne
durchblättere ein buch
am anderen ende der welt
wirst du weinend geboren
an einem unbekannten ort
die bäume schwer vom schnee
beugen sich um es zu sehen
das wunder

de iarnă

la asfinţit
mama pune în fereastră
un soare mai mic - lampa
în paharul tatei
toată tristeţea
eu cu gândul departe
răsfoiesc o carte
la celălalt capăt al lumii
te naşti tu plângând
într-un loc neştiut
copacii grei de zăpadă
se apleacă să vadă
minunea

wieder ein aufbruch

wieder habe ich
meine koffer gepackt
es ist nichts besonderes darin
ein paar sachen
wieder für eine unnötige reise
wirst du sagen
ich habe mir einen anderen kalender gemacht
die heiligen und die sonntage
werden andere namen tragen
diese soll meine längste reise werden
die nächte habe ich gekürzt
den tagen schatten hinzugefügt
ich werde keine sanduhr bei mir tragen
die sehnsucht nach dir
wird meine sekunden zählen
am ende des weltalters
wird mir gott einen trank geben
der mir helfen wird
dich zu vergessen

o altă plecare

iar mi-am făcut bagajul
nu e mare lucru acolo
câteva lucruri
pentru încă o plecare inutilă ai să spui
mi-am făcut un alt calendar
sfinţii şi duminicile vor purta alte nume
călătoria aceasta o prevăd cea mai lungă
nopţile le-am scurtat
zilelor le-am adăugat umbre
nu am să iau cu mine nicio clepsidră
dorul de tine o să-mi numere secundel
la sfârşit de eon
Dumnezeu îmi va lăsa lăcrimarul lui
la o răscruce pe o piatră albă
singura licoare care mă va ajuta să te uit

der brief aus der brusttasche

wir waren fast noch kinder
wir waren unpolitisch
wir gingen viel zu fuß
von der kantine kamen wir hungrig zurück
wir schliefen brav in den bibliotheken ein
mit den köpfen auf den philosophie büchern
ins theater kamen wir gratis
die lehrer waren nett zu uns
wir waren hübsche und traurige studenten
damals lernte ich den stein zu hauen
den kuss kannte ich schon längst
die wände der mansarde waren voller naiver verse
und deine porträts trugen alle ein archaisches lächeln
den tee tranken wir ohne zucker
weil wir keinen zucker hatten
während wir rachmaninov hörten
weintest du
und ich zählte für dich
die möwen über der stadt

in den ferien trennten wir uns
ich ging zurück in mein entferntes städtchen
damals lebte ich noch in einer karawane
vater hatte große raue hände
wie die rinde einer eiche
und trug das ganze jahr ungarische lederstiefel
mutter hatte schöne hände
mit langen und dünnen fingern

scrisoare din buzunarul de la piept

eram aproape copii
nu făceam politică
mergeam mult pe jos
de la cantină ne întorceam flămânzi
adormeam cuminți în biblioteci
cu capul pe cărți de filosofie
la teatre intram pe gratis
profesorii erau blânzi cu noi
niște studenți frumoși și triști eram
atunci am învățat să cioplesc piatra
sărutul îl știam deja de mult
pereții mansardei erau plini cu versuri fugare
și portretele tale toate cu un surâs arhaic
ceaiul îl beam fără zahăr pentru că zahăr nu aveam
în timp ce ascultam rahmaninov tu plângeai
eu priveam pescărușii deasupra orașului

în vacanțe ne despărțeam
eu plecam în orășelul meu de departe
pe atunci încă mai trăiam într-o șatră
tata avea mâinile mari și aspre ca scoarța de stejar
și purta tot anul cizme din piele unguești
mama avea mâinile frumoase
cu degete lungi și subțiri
avea călcâiele crăpate și tari ca de piatră
ea umbla desculță toată vara până toamna târziu
mama era legătura noastră cu pământul
eu îi iubeam pe amândoi deopotrivă

ihre fersen waren rissig
und hart wie stein
sie lief den ganzen sommer barfuß bis spät in den
herbst
mutter war unsere verbindung zur erde
ich liebte sie beide gleichermaßen
doch dachte ich viel mehr an dich

dann kamen die soldaten und nahmen uns alle mit
mit pferden
mit hunden
mit geigen
mit basilikum
mit heilkräutern
und brachten uns weit weit weg

im herbst bin ich nicht mehr zur schule gegangen
und du hast noch eine jahreszeit auf mich gewartet
bis dir jemand sagte
du sollst nicht mehr warten
weil ich geheiratet hätte und in die welt gezogen sei
mit einer weißen kutsche
mit weißen pferden
und voller weißer blumen
mit einem mädchen aus einem anderen stamm
dann verging noch eine jahreszeit oder zwei
und du fingst an mich zu vergessen

und du fingst an mich zu vergessen

însă mai mult mă gândeam la tine

apoi au venit soldații și ne-au luat pe toți
cu cai cu câini cu viori cu busuioc cu ierburile de leac
și ne-au dus ne-au tot dus

toamna n-am mai venit la școală
și tu m-ai așteptat un anotimp
până când cineva ți-a spus să nu mă mai aștepți
că m-am însurat și-am plecat în lume
cu o căruță albă cu cai albi și plină de flori albe
cu o fată din altă șatră neasemuit de frumoasă
apoi a mai trecut un anotimp sau două
și tu ai început să mă uiți

și tu ai început să mă uiți

eine art unsterblichkeit

ich denke oft daran
zurückzukehren
aber ich weiß nicht mehr über welches tal
ich weiß nicht mehr auf welchem berg
ich weiß nicht mehr in welchem land
dein weißes häuschen stand
ich weiß nicht mal mehr wann ich gegangen bin
ob wir uns mit der zunge küssten
oder nur so mit gespitzten lippen
ich frage mich ob du mich auch ohne reichtum nimmst
ich habe nichts gesammelt außer einem koffer voller
steine
aber du sollst wissen
ich könnte sie um dich herum legen
in einem perfekten kreis
sie mit kalk bestreichen
und kein böser geist
würde mehr zu dir kommen
ich würde für dich auf einem bein springen
und singen
und die sonne
verwirrt durch deine schönheit
und meine runden steine
würde die jahreszeiten durcheinanderbringen

und wir würden zurückkehren
in unsere kindheit
in unsere mütter

un fel de nemurire

mă tot bate gândul să mă întorc
dar nu mai știu pe ce vale
nu mai știu pe ce munte
nu mai știu în ce țară
era căsuța ta albă
nici nu mai știu când am plecat
dacă ne sărutam cu limba
sau doar așa cu buzele țuguiate
mă întreb dacă mă primești fără avere
n-am strâns nimic în afară de un geamantan plin cu pietre
dar să știi aș putea să le așez în jurul tău
într-un cerc perfect le-aș da cu var
și niciun duh rău n-ar mai intra la tine
eu aș sări într-un picior și ți-aș cânta
iar soarele încurcat de frumusețea ta
de pietrele mele rotunde
s-ar fâstâci ar încurca anotimpurile

și noi ne-am întoarce în copilărie
apoi în mamele noastre
apoi în bunicii noștrii
apoi într-o oală de lut tare veche
eu o toartă tu alta
tot încercând să ne strângem în brațe
în vitrina strălucitoare a unui muzeu celebru

in unsere großeltern
in einen sehr alten krug aus lehm
ich ein henkel du der andere
immer noch versuchen wir
uns zu umarmen
in der glänzenden vitrine
eines berühmten museums

auf dem hügel

unser wagen war der schönste
vater hatte ein dach aus haselnussholz gebaut
und darüber ein dickes tuch aus hanf gespannt
mutter hatte sich eine haarsträhne abgeschnitten
und daraus einen pinsel gemacht
damit hat sie das dach von innen bemalt
unter dem ich geboren wurde
unter einem gewölbe mit vögeln und blumen
in der ersten orthodoxen kirche haben sie mich getauft
im namen
des vaters
des sohnes
und des heiligen geistes
die taufpaten waren aus jenem dorf
der priester hatte sie ausgewählt
jung und gottesfürchtig
er füllte das taufbecken mit lauwarmem wasser
und tauchte mich drei mal ein
sanft und mit christlicher liebe
(ich habe gelacht nichts gesagt)
sie hielten mich im arm
umkreisten den altar
um mich vom satan zu befreien
und legten mich in die hände christi

mutter hatte eine kleine silberne ikone
sie hielt sie an der brust
die ganze zeit

pe deal

căruța noastră era cea mai frumoasă
tata i-a făcut coviltir din lemn de alun
și l-a învelit cu o pânză groasă de cânepă
mama și-a tăiat o șuviță din păr
a făcut din ea o pensulă
apoi a pictat coviltirul pe dinăuntru
acolo m-am născut eu
sub o boltă cu paseri și flori
la prima biserică ortodoxă m-au botezat
în numele tatălui
al fiului
și-al sfântului duh
nașii erau din satul acela
părintele i-a ales
tineri și cu frica de Dumnezeu
a pus în cristelniță apă călduță
și m-a scufundat de trei ori
blând cu dragoste creștinească
(eu am râs n-am zis nimica)
m-au ținut în brațe
s-au învârtit în jurul altarului
lepădându-mă de satana
m-au dat în mâinile lui Hristos

mama avea o iconiță ferecată
o ținea în sân în toată vremea
și nouă tata ne-a cioplit
cruci din lemn de salcie

und vater hat für uns geschnitzt
kreuze aus weidenholz
wir trugen sie um den hals damit sie uns beschützen
vor gefahren und krankheiten

seitdem
irre ich durch die welt
und trage in meinem herzen
einen hügel
ein dörflein
und eine weiße kirche
ihr hölzernes kreuz berührt den himmel
und sonntags ist ihre silberne glocke
weit zu hören
bis in gottes stube

le țineam la gât să ne apere
de primejdii și boli

de atunci
rătăcind prin lume
port în inima mea
un deal un sătuc și o biserică albă
crucea ei de lemn atinge cerul
și duminicile clopotul ei de argint
se aude până hăt
în odaia lui Dumnezeu

unveröffentlichter autobiografischer roman

wir waren neun geschwister
und alle waren glücklich
und keiner hatte beschwerden
zu hause sprachen wir nur rumänisch
die eltern sprachen mit ihren freunden und verwandten
romanes und ungarisch
diese sprachen hatten wir nicht gelernt
für uns waren es tote sprachen
wir siezten die eltern
das hat uns niemand beigebracht
wie könnten wir es wagen vater beim namen zu nennen
wie es die kinder der gadsche taten
ihre namen waren heilig
wir konnten sie nicht überall aussprechen
und schon gar nicht ihnen gegenüber
wie heißt dein vater
iosif
und deine mutter
blume
nur dann nannten wir ihre namen
wenn jemand danach fragte
ihre kinder gingen auf die besten schulen der stadt
einige waren an der universität
kein wunder
dass die nachbarn sie liebten
ihre kinder gingen nicht auf die universität
die jahre sind vergangen
und wir haben uns in alle himmelsrichtungen verstreut

roman autobiografic nepublicat în veci

eram nouă fraţi şi toţi eram sănătoşi
niciunul nu aveam vreo meteahnă
în casă vorbeam româneşte
părinţii vorbeau cu prietenii şi cu rudele încă două limbi
ţigăneşte şi ungureşte
nu le-am învăţat
pentru noi erau limbi moarte
deşi nu greşeam părinţilor le spuneam dumneata
nu ne-a învăţat nimeni
cum să-i spui tatălui tău pe nume cum făceau alţii
numele lor erau sfinte
nu le puteam pronunţa oriunde si oricum
mai ales de faţă cu ei
cum îl cheamă pe tată-tu mă
iosif
da pe mamă-ta
floarea
doar atunci le spuneam pe nume
când ne întrebau cum îi cheamă
aveau copiii la cele mai bune şcoli din oraş
unii erau la facultate
cum să nu-i iubească vecinii
ei nu aveau copii la facultate
anii au trecut şi ne-am împrăştiat în toate zările
fiecare după chemarea lui de taină
au rămas mama şi tata singuri
şi mai apoi baci ioji s-a mutat câteva cartiere mai la sud
într-un loc liniştit cu verdeaţă şi flori multe

jeder folgte heimlich seinem ruf
mutter und vater blieben alleine
und später zog onkel ioji einige bezirke in den süden
an einen ruhigen ort im grünen mit vielen blumen
wir kamen manchmal um mutter zu sehen
und sie wurde immer kleiner
ihre haare wurden immer weißer
dann erstarrte das wasser im brunnen
die oleander vertrockneten
die marillen waren so reif
dass sie alle zu boden fielen
und dann ist mutter zu vater gezogen
wir gedachten ihrer in der kirche
zündeten kerzen an und beteten für sie

später hing am fenster zur straße ein papier
auf dem ein paar traurige buchstaben verkündeten
haus zu verkaufen
ich bin in die berge gegangen
eine weile so lang wie ein menschenleben
dann überquerte ich den ozean
und lebte dort bis zum ende der welt
und wenn die welt noch nicht zu ende ist
bedeutet es
dass ich noch lebe

noi mai veneam uneori s-o vedem pe mama
şi ea se făcea tot mai mică părul ei se făcea tot mai alb
apoi apa din fântână a rămas încremenită
oleandrii s-au uscat caisele s-au copt atât de tare
încât au căzut toate la pământ

şi mai apoi mama s-a mutat lângă tata
noi îi pomeneam la biserică
aprindeam lumânări ne rugam pentru ei
mai târziu în fereastra de la stradă am pus o hârtie
pe care nişte litere triste anunţau trecătorii
casă de vânzare
eu am plecat în munţi o vreme cât o viaţă de om
apoi am trecut oceanul şi-am trăit acolo până la sfârşitul
lumii
şi dacă lumea nu s-a sfârşit
înseamnă că încă mai trăiesc

musikstunde

nomade ist meine art
für mich gibt es keine grenzen
nicht unter den menschen
und nicht unter den völkern
meine einzige grenze ist
die am garten des herren
wenn ich dort ankomme
wieder und wieder
ziehe ich meine sandalen aus
setze mich neben den zaun
und höre wie der herr in seinem garten singt
manchmal
höre ich auch vater
wie er ihm alte ungarische zigeunermelodien beibringt
aber ich störe sie nie in ihrer musikstunde
ich ziehe meine sandalen an
und gehe lächelnd
meinen weltlichen dingen nach

ora de muzică

nomad de felul meu
pentru mine nu există granițe
nici între oameni nici între popoare
singura mea graniță este aceea cu grădina lui Dumnezeu
când ajung acolo iar și iar
îmi scot sandalele
mă așez lângă gard
și-l ascult pe Dumnezeu cum cântă în grădina lui
uneori
îl aud și pe tata cum îl învață melodii vechi țigănești-
ungurești
dar nu-i deranjez niciodată din ora lor de muzică
îmi încalț sandalele și plec zâmbind la treburile mele
lumești

telegramm

mutter
das heimweh hat mich zerrissen
ich werde zu mittag ankommen
am selben schmutzigen bahnhof
erschrecke dich nicht
wenn du siehst
dass aus meiner schulter
ein hund gewachsen ist

telegramă

mamă dorul de casă m-a destrămat
am să ajung în miezul zilei
în aceeaşi gară murdară
să nu te sperii când vei vedea
că mi-a crescut pe umăr un câine

biografie

mircea lacatus wurde 1962 in gherla, siebenbürgen, rumänien geboren.
er besuchte die kunsthochschule in arad und absolvierte 1989 die kunstakademie in bukarest.
ab 1990 lebte er als freiberuflicher künstler in wien. seine kunst umfasst skultpuren, zeichnungen und grafiken und wurde sowohl in europa als auch in den usa ausgestellt, wo er seit 2013 auch lebt. er war gastkünstler an der universität von alabama in huntsville und unterrichtet derzeit basic design an der oakwood university in huntsville.
2007 wurde er mit dem exil-literaturpreis für lyrik ausgezeichnet. sein zweisprachiger gedichtband "rund um meine eltern eine burg" wurde 2009 in der edition exil veröffentlicht.

biografie

mircea lacatus s-a născut în anul 1962 la gherla, in transilvania, românia.
a urmat liceul de artă din arad și, în 1989, a absolvit academia de artă din bucurești.
din anul 1990 a trăit ca artist liber profesionist la viena, în austria. arta sa vizuală, care include sculptură, desen și grafică, a fost expusă atât în europa, cât și în s.u.a., unde locuiește din anul 2013.
a lucrat ca profesor invitat la universitatea alabama, din huntsville, iar în prezent predă basic design, la universitatea oakwood din huntsville.
în anul 2007 a fost distins cu premiul "exil" pentru literatură, la secția de poezie. colecția sa bilingvă de poezii, „construiam o cetate în jurul părinților mei", a fost publicată în anul 2009, de edition exil, din viena.

über den autor
vasile ionescu

mircea lacatus ist einer der wichtigsten zeitgenössischen roma-bildhauer, und er schreibt sehr sensible verse, aus den gleichen gründen wie der bildhauer der renaissance michelangelo: wer materielle formen schafft, hat das dringende bedürfnis, auch seinen spirituellen hintergrund zu entfalten. eine metamorphose, die uns sowohl an den griechischen bildhauer pygmalion erinnert, der sich in seine eigene schöpfung verliebte und die götter anrief, um sie zu beleben, als auch an den „pygmalion-effekt“ (das rosenthal-experiment), durch den eine von der gesellschaft negativ gezeichnete person sich von komplexen befreien kann und eine außergewöhnliche -moralische und berufliche- karriere durch das streben nach selbstverwirklichung erreichen kann.

despre autor

vasile ionescu

mircea lacatus, cel mai important sculptor rrom contemporan, scrie și versuri foarte sensibile, aidoma sculptorului renascentist michelangelo, din aceleași motive: cel care dăltuiește forme materiale simte nevoia imperioasă să le exprime și fondul spiritual. o metamorfoză care amintește atât de sculptorul grec pygmalion, care s-a îndrăgostit de propria creație și a invocat zeii să i-o însuflețească, dar și de "efectul pygmalion" (experimentul rosenthal), prin care cel etichetat social negativ se poate elibera de complexe și poate avea o carieră morală și profesională de excepție, printr-un efort de auto-realizare.